...und schwups, das Huhn ist umgebracht...

Drahnier von Nielk

AF177423

Impressum:
© 2017 Drahnier von Nielk

Cover- und Buchillustrationen: www.pixabay.com
Korrektorat, Satz u. Umschlag: Angelika Fleckenstein

Verlag: tredition GmbH, Hamburg

Printed in Germany

ISBN: 978-3-7439-0310-4 (Paperback)
978-3-7439-0311-1 (Hardcover)
978-3-7439-0312-8 (eBook)

...und schwups, das Huhn ist umgebracht...

Drahnier von Nielk

für

Ramgad

Inhaltsverzeichnis

Der Brauch und die Höflichkeit

Es ist ein Brauch von alters her,
ein Jäger hat ein Schießgewehr,
und damit schießt er – angeregt –
auf alles was sich so bewegt.

Darunter auch auf manches Huhn,
das ob dem waidmännischen Tun
dem Jägersmann nicht sehr gewogen
–nein – es hält ihn für ungezogen,
wenn er mit seiner Flinte kracht
und schwups, das Huhn ist umgebracht.
Dem toten Huhn, dem wird ganz bange,
denn Totsein dauert ziemlich lange.
Und selbst, wenn es dem Jäger peinlich,
die Rückkehr, die ist unwahrscheinlich.

Trotzdem, es scheint – ganz ohne Zagen –
der Jäger, der will weiterjagen
und fragt nicht, wie's die Hühner finden –
nein, er schießt ganz unhöflich von hinten!

Ein Hühnerrat erörtert dann,
wie man das Mördern enden kann,
und kommt letztendlich zum Befund:
die Lage, die ist ungesund und
nachteilig fürs Hühnerleben
und deshalb wäre anzustreben

und dieses möglichst bald und schnell
ein wohlbegründeter Appell
an die Moral des Jägersmann,
damit sich dieser bessern kann!

Und um den Eindruck zu vermeiden
man könne selbigen nicht leiden,
betont man, sich mal kurz verleugnend,
das Anliegen sei unbedeutend
und nicht belästigend gemeint.
Im Gegenteil, man sei vereint
im Wunsch nach fröhlicher Zerstreuung:
doch ohne Schießgewehrbetreuung!

Und deshalb schlage man ihm vor,
er lässt die Hühner außen vor
bei seinen Jägerambitionen:
ein Elefant würde mehr lohnen!

Der Jägersmann bedenkt die Lage –
allein – er ahnt, undeutlich vage,
dass in den deutschen Büschen, Hecken
nur wenig Elefanten stecken.
Dagegen sieht man Hühnerherden
fast überall auf deutschen Erden.

Auch ist das Sprichwort ihm bekannt:
„Besser ein Huhn in Jägershand
als Elefanten auf dem Dach."
Denn Letzteres bringt Ungemach:
die stehen auf des Daches Zinnen
und pullern in die Regenrinnen,

mit Lust und ohne Hemmungen.
Das führt zu Überschwemmungen
im Haus und auf des Hauses Stufen
und man muss laut um Hilfe rufen,
sodass die Feuerwehr aufbricht
und schnellstens kommt –
oder auch nicht.

Und deshalb sagt der Jägersmann:
„Trotz höflich vorgetrag'ner Bitte –
in Deutschland sei es gute Sitte,
die Elefanten zu verschonen;
sodass nun mal nur Hühner lohnen
und auch wenn es für sie betrüblich:
Es ist halt Brauch – und damit üblich.

Merke:
Wo deutsche Jägersleute walten –
nicht höflich sein, nein, ungehalten!
Mit einem Mann mit Schießgewehr,
da fällt verhandeln doch sehr schwer.
Und daraus muss man dann wohl schließen:
Es hilft nur eins – zurück zu schießen!

Referenten

Ein altes Huhn kennt Referenten,
die niemals nicht am Ende enden,
sondern ihr Wort so wichtig wähnen
dass sie den Schluss nach hinten dehnen –
unendlich wie's dem Huhne scheint –
das seine Teilnahme beweint und schwört,
während sein Hintern brennt,
es geht nie wieder zum Event.
Es sei denn, es hält selber Reden,
um dort den Bildungsstand zu heben,
wo and're nur sehr wenig wissen
und dieses Huhnes Wissen missen,
und deshalb seiner Rede Schluss
ein wenig länger werden muss.

Mitleid-Halbwertszeit

Wenn Schweden, Hutus und Chinesen
in ihrer Morgenzeitung lesen,
ein altes Huhn hat Gicht im Bein,
dann werden sie betroffen sein –
sich um des Huhns Gesundheit sorgen,
jedoch spätestens übermorgen
hört man von and'ren Schicksalsschlägen
und muss sich wieder neu aufregen.
Man wird von and'ren Dramen lesen –
und mit dem Huhn – was war gewesen?
Im Grunde ist's uns Huhn ja schnurz,
die Mitleid-Halbwertszeit ist kurz.
Aber was and'res macht mich bange
an einem Bauch, da trägt man lange!

Das Denkmal

Im Hühnerkopf, zwischen den Ohren
beginnt eine Idee zu bohren,
erst stückchenweise, schließlich ganz
ergreift's das Huhn, von Kopf bis Schwanz:
„wie wär's, wenn man die Hühnerleiche
nicht mehr zu einem Mahle reiche
sondern auf Denkmalsockel stelle".
Bei Menschen gibt es solche Fälle:
dort können auch nur tote Leichen
dem Volk zu Ruhm und Ehre reichen.

Solange man voll Saft und Kraft
schafft man es nie zur Denkmalschaft.
Warum nicht also auch ein Huhn?
Das muss nicht auf dem Teller ruhn,
solange bis es aufgefressen,
es wär' ja dann recht schnell vergessen
und fürs Gedenken voll verloren,
obwohl für Höh'res auserkoren.
Genauso wie erst recht ein Gockel:
Auch der passt auf 'nen Denkmalsockel –
vorausgesetzt er kräht nicht mehr.
Dies zu verhindern ist nicht schwer.

Man kann ihm ja den Hals umdrehen.
Das stört dann zwar sein Wohlergehen,
doch denkmalmäßig auferstehen
kann man ihn ja bald wiedersehen:
auf einem Sockel, oben stehen.
Er könnt' es dort dann ewig tun,
als Heldendenkmal für das Huhn.
Drum sei mit Nachdruck festgestellt:
Wer sich ein Brathendl bestellt,
dem fehlt dann in der Welt ein Held!

Das Dingsbums

Das Dingsbums,
das hat keinen Namen,
so wie der Furz
kommt er von Damen.
Das ist im Leben immer so,
beide gibt's nur inkognito.

Das frigide Huhn

So manches Huhn findet am Abend
des Hahnes Drängen nicht erlabend
und würde sogar schon am Morgen
den Hahn ans Nachbarhuhn verborgen,
weil sie denselben gern vermiede!
Das Huhn heißt wahrscheinlich Elfride
und ist im hohen Maß frigide.

Heißestes Verlangen

Ein Huhn mit heißestem Verlangen,
dem die Erfüllung stets entgangen,
hat bald die Nerven aufgerieben.
Und weg ist er, der Seelenfrieden.

Ein Huhn mit ohne Erosdrängen,
lässt friedlich seine Seele hängen,
zu Einsicht und Verzicht bereit,
übt es freiwillig Sexfreizeit.

Aber ist selbiges gesund?
Wahrscheinlich läuft das Huhn nicht rund!

Das verkehrtherumme Huhn

Ein altes Huhn ist voller Frust
und Schmerz bohrt in der Hühnerbrust,
obhin der tiefen Ehrverletzung
und zackenschartigen Verätzung
der hehren, edlen Hühnerseele
weil: böse Blicke und auch scheele
und Missgunst und giftgrüner Neid
verursachen das Hühnerleid.

Der Hahn hatte das Huhn getreten,
ganz unerwünscht und ungebeten,
denn's Huhn, das liebt nur Hühnerkäthen
Und weil die and'ren Hühnerhennen
halt mit dem Hahn gern selber pennen,
doch dieser selbiges nicht tut,
ham die aufs andersrumme Huhn jetzt Wut.

Obwohl das nicht am Huhne lag
weil das die Hähne ja nicht mag!
Drum ist das Huhn jetzt voller Frust
und Schmerz bohrt in der Hühnerbrust!

Der Irrtum 1

Ein junges Huhn im Minilook
sprach stolz zum Hahn:
nun schau und guck
auf meine schönen nackten Beine,
und wenn du willst, dann sind es deine!
Jedoch der Hahn – noch jung an Jahren,
moralisch eher unerfahren
und deshalb voller Ehrgefühl,
beschied dem Huhne, sachlich kühl:
ich lass mich sexuell nicht locken –
auch nicht von Beinen ohne Socken.
Damit mich ja kein Bein verleite
leg ich ein's rechts, ein's links beiseite!

Irrtum 2

Ein Huhn bemalt sich seine Krallen
und will damit dem Hahn gefallen.
Doch dieser findet – sei'n wir ehrlich –
ein and'res Teil am Huhn begehrlich!

Der Retrolook

Ein altes Huhn liebt Retrolook
und findet alle Dinge gut,
die älter sind und angestaubt,
mit Rost bedeckt und überhaupt
die Patina vergang'ner Zeiten
vor uns'ren Augen aufbereiten.
Jedoch, sagt's Huhn, recht ungezwungen:
Bei Hähnen, da mag ich die Jungen!

Die Runderneuerung

Ein altes Huhn läuft nicht mehr rund
und tut dies auch dem Hahne kund.
Der überdenkt die neue Lage
und stellt sich, zweifelnd, dann die Frage:
muss ich ein neues Huhn anheuern
oder das alte runderneuern?
Die allgemeine Teuerung
entscheidet für Erneuerung.

Die Sache war dann schnell erledigt,
das Huhn blieb völlig unbeschädigt,
rotiert jetzt wieder fehlerfrei,
der Hahn schläft glücklich wieder bei
und weiß, nicht mehr mit Zweifeln ringend:
nicht immer ist ein Neukauf zwingend,
man kann – mit nur geringen Kosten
ein altes Eisen auch entrosten!

Lustgewinn

Ein altes Huhn, trotz Alter scharf,
verspürte Lustgewinnbedarf
und stieg 'nem Kater hinterher.
Jedoch, dem fiel die Liebe schwer
und abhold jedem Hühnerwerben,
geschwächt durch viele Lebenskerben
zog selbiger stets schnell die Leine.
Ja, auch beim schönsten Vollmondscheine,
fand Lustgewinnbedarf nie Deckung.
Sogar wohlfeile Niederstreckung
hat keine Nachfrage geschafft:
So ist das in der Marktwirtschaft!
Vors Hühnerauge fiel die Schuppe:
's war halt die falsche Kundengruppe!

Ein eitles Huhn

Natürlich hat ein eitles Huhn
mit Körperpflege viel zu tun.
Ein ungeputztes Federvieh
hat zwar mehr Zeit,
doch liebt man's nie.
Drum putzt's deshalb
die ganz spezielle
tendentielle wicht'ge Stelle,
und dies mit nimmermüdem Fleiß,
weil's halt aus der Erfahrung weiß,
das macht den Hahn ganz wuschig heiß,
denn's Huhn, das seinen Hintern putzt,
lässt diesen ungern ungenutzt.

Das langsame Huhn

Ein Huhn, knapp vor des Wahnes Rand
rennt mit dem Kopf gegen die Wand
und wundert sich, dass sie nicht fällt.
Dem Huhn ist jeder Spaß vergällt!
Nun, um den Fehler zu benennen:
das Huhn muss halt viel schneller rennen!

Die Entscheidung

Ein junges Huhn, voll Wissensdrang
befragt den Vorgesetzten bang
zu einem wicht'gen Sachverhalt.
Es braucht eine Entscheidung – bald.
Der Chef entscheidet auf der Stelle –
(er liebt die Klarheit und die Schnelle)
Die Antwort ist eindeutig: nein!
Sie kann auch gar nicht anders sein,
denn sie entspricht genau der Lage.
Aber pardon, wie war die Frage?

Die Ballade vom Loch und vom Radieren

Ein altes Huhn, nicht unselbständig
und voller Tatendrang unbändig,
beschloss den Weltenlauf zu ändern
und wollt' das Loch befrei'n, von Rändern,
radierte alle Linien weg
und so entstand ein großer Fleck
gefüllt mit einem Riesen-Nichts.
Dem Huhn ward bange angesichts
des weiten grenzenlosen Ohne
mit ohne Was und was sich lohne
zu rahmen mit des Randes Schranken,
die sich um einen Inhalt ranken.
Es gab nur eine Riesenleere und eine vage,
ungefähre Ahnung vormals vorhandener Substanz,
jetzt nur noch sichtbar als Vakanz.

Obwohl – auch früher war das Loch
zwar schon vorhanden, aber doch
im Grunde völlig inhaltslos
und keiner konnt' was sehen – bloß –
vorhanden war's, nicht provisorisch,
nicht scheinbar und nicht illusorisch,
nein, echt, in voller Wirklichkeit –
das Loch war da und auch –
soweit versehen mit Begrenzungsstrichen,
von seiner Stelle nie gewichen.

Doch jetzt war's Loch, selbst optimistisch,
nur noch als Nichts zu seh'n, statistisch,
aber letztlich doch
auf jeden Fall vorhanden noch.
Vorhanden zwar, doch nur als Nichts,
wobei vor allem angesichts
des nicht sichtbaren Istzustandes
– weil fehlenden Begrenzungsrandes –
das Loch als Loch zwar existent,
jedoch so randlos, permanent
versucht ist, sich selbst aufzulösen –
aufgrund der letztlich skandalösen
rahmenlosen Nichtigkeit
die jedes Loch, obwohl bereit
zur zukunftsich'ren Existenz
in Gegenwart und Permanenz
mit substanziellen Zweifel füllt.
Und damit jede Locherkennung –
als Basis auch der Lochbenennung –
im unsichtbaren Nichts verhüllt.

Das Huhn – es blickt am Ende stumm
und nachdenklich im Stall herum,
kapituliert, und sagt nur noch:
Ein Loch im Nichts – das fehlt jetzt noch!

Nun ja, man glaubt's nicht – aber doch –
auch das gibt es, als Schwarzes Loch!
Aber – jetzt wird die Sache schwierig,
denn solches Loch, es saugt begierig
Materie aus der Weltraumleere
und füllt damit auf ungefähre
und ungewisse Endlichkeit sich selbst
und dabei scheint:
der Weltenraum, er wird nicht leerer –
das schwarze Loch wird immer schwerer
aber nicht größer, sondern kleiner –
woran das liegt, das weiß noch keiner.
Und selbst, wenn wir das Huhn befragen,
es kann's uns leider auch nicht sagen!

Es ist schon komisch mit dem Loch –
ein Loch ist leer – das weiß man doch!
Und trotzdem strömt dort alles rein,
sogar der Mond-und Sonnenschein
sind drin – und bleiben nicht allein,
denn selbst die Wellen uns'res Lichts
verschwinden dort – im leeren Nichts.
Ja, selbst das Nichts wird dort verschwinden
und niemand wird es wiederfinden.
Den Weltraum gibt es bald nicht mehr,
nur noch das Loch, schwarz, klein und schwer
und immer schwerer, immer kleiner –
wie weit das geht – auch das weiß keiner.

Nur eins scheint sicher, irgendwann –
dann platzt das Loch – und was kommt dann?
Vielleicht ein Huhn, nicht unselbständig
und voller Tatendrang unbändig,
und dem Gedanken immer offen,
den Weltenlauf zu kontrollieren.
Aber wir wollen dann mal hoffen,
es will nicht wieder rumradieren!

Ein Huhn mit Geist und guten Sitten

Ein Huhn mit Geist und guten Sitten
und in der Wissenschaft beritten
besieht sich so den Weltenlauf
und gibt den Geist freiwillig auf.

Der Eiffelturm und die Perspektive

Ein Huhn hat ohne alle Zweifel
von einem Turm, wie dem von Eiffel
die allerbeste Perspektive.
Gesetzt, es ist nicht eine schiefe
und falsche Sicht von ganz da oben.
Man sieht nicht mehr das Leben toben,
das Leben ist ja nur dann echt,
sieht man's von vorn und waagerecht!

Der Siegertyp

Ein Huhn bekommt den Siegerpreis,
obwohl es, in sich drin, wohl weiß,
ein And'res hätt' ihn mehr verdient.
Doch dessen Weg war schwer vermint
durch eben dieses Siegerhuhn.
Und es wird's immer wieder tun!

Mutig zu Taten schreiten

Natürlich weiß ein Huhn zu schätzen,
wenn and're Hühner nicht nur schwätzen,
sondern mit Mut zu Taten schreiten,
und geht beizeiten schnell beiseiten!

Das dienstbeflissene Huhn

Ein kluges Huhn, stets dienstbeflissen
hat's dennoch bei dem Chef verschissen;
das Huhn war klüger, konnte mehr,
und sowas liebt ein Chef nicht sehr.

Der Mörder und das Nachbarhuhn

Ja, – manchmal hat man – so als Huhn
auch mit dem Nachbarhuhn zu tun.
Das ist nicht immer nur erfreulich,
nein, manchmal ist es auch abscheulich
und hat in solchem Fall gewiss
dann die Tendenz zum Ärgernis.

Ganz deutlich wird das wohl im Lichte
der jetzt folgenden Mordsgeschichte:

Ein Huhn, das sitzt auf einer Eiche
und äugt besorgt auf Nachbars Leiche,
die unter ihm, lang hingestreckt
im Huhne die Gewissheit weckt,
dass irgend so ein Mörderbube
mit wenig guter Kinderstube
die Leiche in den Zustand brachte,
den sie vorher so nicht bedachte
und den sie jetzt, recht lebensmatt,
auf Dauer ja wohl inne hat.

Das Huhn – es wollt nach anfänglichem Schauern
das Nachbarhuhn auch kurz bedauern.
Allein, … ihm kamen dann Gedanken,
die brachten den Entschluss ins Wanken:

Nun ja, ... das Huhn ward hingemördert,
vom Leben in den Tod befördert,
wahrscheinlich unter dieser Eiche
mutierte es zur toten Leiche.

Aber, ... vielleicht hat es letztwillig
den Zustand gar nicht unfreiwillig?
Warum hat's nicht dem Mörderbraten
von seiner Absicht abgeraten?
Warum hat's nicht, lebendig und noch ungerupft
den Mörder streng am Bart gezupft
und um ihm 's Mördern zu vermiesen
auf sein Gewissen hingewiesen?
Warum hat es, statt aufzupassen,
sich einfach so ermördern lassen?

Wahrscheinlich nur aus lauter Häme!
Weil 's weiß, der Nachbar kriegt Probleme!
Wieweil die Polizei verdächtigt –
und meistes auch nicht unberechtigt,
des toten Nachbarhuhnes Nachbar,
für den ist Mord am besten machbar
und wenn moralisch auch betrüblich
in uns'ren Breiten durchaus üblich.
Und um diesen Verdacht zu fördern,
lässt man sich halt schon mal ermördern.

Nun ja, denkt 's Huhn, es wär' das Beste
für mich und meine weiße Weste,
wenn ich von diesem Tatort scheide,
denn sonst gibt's Ärger für uns beide.

Und übers Nachbarhuhn
hat's dann 'ne schlechte Meinung
und fortan gilt überall und weit und breit
der Mörder verdient Dankbarkeit!

Die Zukunft

Man kann das Elend kaum ermessen,
gibt man dem Huhn ein Ei zu fressen,
das Schicksal nimmt dann seinen Lauf,
das Huhn frisst seine Zukunft auf.
Drum fütt're man das Huhn mit Korn,
das ist generationskonform.

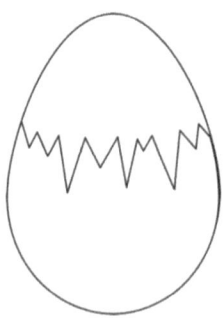

Farbnuancen

Es scheint dem Menschen sehr wahrscheinlich,
ein Huhn ist schmutzig und nicht reinlich,
denn manchmal steckt ein Bein im Mist,
wenn es die Regenwürmer frisst.
Und mancher Floh hüpft durchs Gefieder
und lässt sich lebenslänglich nieder.

Aber rechtfertigt das Missachtung?
Denn bei genauerer Betrachtung:
Vielleicht trägt's and're Bein Gamaschen,
und ist der Floh grad frisch gewaschen
und tief zur Reinlichkeit bekehrt,
was er auch and're Flöhe lehrt.

Nun ja, des Huhnes Hühnerhaupt –
vielleicht ist's etwas angestaubt,
dafür glänzt aber dann die Wade,
als käm' sie frisch grad aus dem Bade.

Das heißt des Huhns besond'rer Zauber:
ein Teil ist schmutzig, einer sauber!
Und darum, und das ist erfreulich:
Summiert ist's Huhn nicht schwarz, nein gräulich!
So wie's halt auch beim Menschen ist:
Ein Bein steckt öfter mal im Mist,
und trotzdem ist der Mann, die Frau
nicht schwarz, nicht weiß –
nein, menschlich grau!

Tomaten

Ein altes Huhn wünscht sich Tomaten,
greift planvoll dann zum Spaten,
durchsticht und -bohrt das Erdenreich
und pflanzt die Pflänzchen ein, sogleich.
Und harret dann der schönen Dinge,
die so das Wachstum mit sich bringe.

Doch weiß man aus dem Schulbesuch
und dem Tomatenanbaubuch,
die Pflänzchen muss man sehr behüten,
sonst gibt's keine Tomatenblüten.

Drum kauft's ein Wachstumszelt – zum Wachsen,
macht sich mit Gießen noch zum Maxen,
und merkt dann doch, nach langer Zeit,
die Blüten sind noch nicht so weit.

Es müssen wohl die Gene klemmen
und das erhoffte Wachstum hemmen.
Aber die Hoffnung schwindet nicht
denn Blühen das ist Blütenpflicht.

Und wenn dann erst die Blüten blühen,
blühen zu allererst die frühen.
Und selbst wenn sie es doch nicht täten,
blüh'n später dann gewiss die späten.
Und in der Zeit, so mittendrin,
blüh'n sicherlich die mittleren.

Aber das Schicksal will es nicht,
von wegen Blütenblühepflicht.

Und wie dann so die Mächte walten –
die Blätter legen sich in Falten
und kräuseln sich gar lieblich ein.
Das Huhn verdreht die Äugelein
und fühlt sich bitterlich verraten.
Greift dann spontan wieder zum Spaten
und gräbt sie um, die Scheißtomaten.

Die Hitze und der Zaun

Die Hitze zwingt ein altes Huhn
etwas für Abkühlung zu tun
und sich nach Schatten umzuschau'n,
zum Beispiel hinter einem Zaun.
Dort sitzt 's jetzt auch – tief im Schatten
nun ja, nur halb – des Zaunes Latten
besitzen rechts und links zwei Lücken,
immer zwischen Lattenstücken.

Und drum, das halbe Huhn wird allemal
beschienen durch den Sonnenstrahl,
weil eben durch des Zaunes Lücken
das Huhn erhitzt wird nur in Stücken.
Und and'rerseits des Zaunes Latten
das Huhn in Teilen nur beschatten.

Man könnte meinen, es sieht nämlich
jetzt einem Zebra täuschend ähnlich.
Doch wo kommen Zebrastreifen her?
Nun ja, die Antwort ist nicht schwer.
Dem Zebra ist es zuzutrau'n,
das lag zu lange hinterm Zaun.
Es suchte aber keinen Schatten –
weil Zebras den schon immer hatten,
das wollt' sich doof und unbesonnen
ein bisschen in der Sonne sonnen.

Wobei auch and're auf vier Beinen
sich dort zu sonnen müssen meinen,
denn auch der Tiger der hat Streifen –
ist aber doch schon mehr gefleckt.
Wahrscheinlich war der Zaun defekt!
Und die mit ohne jeden Fleck?
Da war der Zaun schon wieder weg!

Wenn alle hinterm Zaune ruh'n,
da kann's so 'n Zaun nicht ewig tun.
Zum Beispiel ist beim Elefant
ein Streifenmuster unbekannt,
man kann ihn Kopf stell'n und auch dreh'n,
von Streifen ist da nichts zu seh'n.

Aber dafür, beim wilden Schwein,
da gibt es auch ein Streifdesign,
beim Frischling, wenn das Schwein noch klein.
Und daraus muss man dann wohl schließen,
die Sonne hinterm Zaun genießen,
ist Vorrecht nur der kleinen Schweine,
für große Schweine scheint dort keine.

Das widerspricht zwar der Erfahrung,
doch nehmen wir's als Offenbarung,
die Welt ist besser als wir meinen.
Zumindest scheint das so – bei Schweinen!

PS: gestreift trägt auch das dumme Schwein,
das ward erwischt – drum locht man's ein.

Die Dosis

Entscheidend ist bei vielen Sachen,
wieviel davon bei wem was machen.
Die Menge macht den Unterschied
wie man, gleich folgend, deutlich sieht.

Zum Beispiel ist dem Mann bewusst,
ein Schlag voll Lust auf Weibes Hintern,
wird dessen Liebe nicht vermindern,
sondern bis hin zum frühen Morgen
für weibliche Ekstase sorgen.
Zehn Schläge auf das edle Teil,
und jedes Weib, das greift zum Beil
und haut damit auf deinen Zeh,
und dieser tut dann heftig weh.

Und weil wir grad' vom Weibe reden,
denkt dran, wie sie im Garten Eden,
statt diese Schlange zu befehden,
zu zweit den Adam überreden.
Den armen herzensguten Mann,
mit Schlangengift ham sie 's getan,
ihm seine Seele frech vergiftet
und Chaos in der Welt gestiftet.
Ziemlich gemein, ganz ohne Not,
jetzt ist der Adam mausetot.
Des Giftes Menge war zu groß
und nicht gerade absichtslos!

Ein bisschen Gift wär' Arzenei,
doch 's war zu viel – schon war's vorbei.
Denn ja, natürlich hat auch Schlangengift,
wie dieses wirkt, bei dem den's trifft,
halt mit der Dosis was zu tun.

Genauso wie bei jenem Huhn,
dessen auf Schönheit zielend Tun
wir jetzt erbebend wiedergeben:
In dieses Huhnes Hühnerleben
ging wahrscheinlich was daneben.
Im Grunde war's ein schönes Huhn,
aber wie's manchmal ist, ja nun,
der Teint schien ihm ein bisschen blass,
drum sagte es – ich ändre das.
Mein Ziel ist ein gesundes Braun,
schön gleichmäßig, nicht hinterm Zaun,
und darum schien die Höhensonne,
der Inbegriff von Lust und Wonne,
zu toppen aber durch den Grill.

Jedoch, wie es das Schicksal will,
ging's mit der Gradzahl leicht daneben –
mit Wirkungen auf's Hühnerleben.
Drum gab's den kurzen Lebenslauf,
zwar braungebrannt, aber doch auf!

Merke:
Man mag sich zwar auf Schönheit trimmen,
aber die Gradzahl, die muss stimmen!

Der Weltenschmerz

Ein altes Huhn, nicht unbedeutend
und stets die große Glocke läutend,
legt plötzlich nur noch kleine Eier,
verzichtet auch auf jede Feier,
legt Orden ab, und Ehrenzeichen,
beginnt vor Schnaps zurück zu weichen,
und hockt fortan auf seiner Stange
im Dunkeln, hinten, links, ganz lange.

Die Menschheit sich den Kopf zerbricht –
was hat das Huhn – oder was nicht?
Hat's Seelenschmerzen, Liebespein?
Oder schon wieder Gicht im Bein?
Oder hat's Kummer – tief im Herz?
Nein, Ursache ist Weltenschmerz!

So wie's halt jeden mal erwischt
der Fliegen aus der Suppe fischt,
oder zur falschen Richtung pinkelt,
sodass der Wind die Pinkel winkelt
zurück auf seine Hemdenbrust, –
natürlich führt das dann zu Frust!
Und ebenso tut am Buffet
es in der Seele lange weh,
wenn endlich man sich hin gewunden,
der letzte Zipfel Wurst verschwunden,
vom Vordermann vom Tisch gerissen.
Dann ist das Leben schon beschissen.

Und auch, wenn dir, grad' froh verreist,
der Nachbar in den Garten scheißt,
und dann für Düngung Rechnung stellt.
So wird die Zukunft auch vergällt,
und nichts kann einen dann noch locken
man möcht' sich zu dem Huhn hinhocken.

Doch liegt die Stimmung auch darnieder
der Weltenschmerz, er gibt sich wieder!
Es könnte ja noch schlimmer sein,
wenn 's kommt, das Schwiegermütterlein!

Heldentaten

Ein alter Hahn beginnt zu fragen,
warum man in den Heldensagen
stets nur von Riesen, Rittern, Drachen
so oft hört lauter Heldensachen,
doch niemals von der Sippe Huhn –
und will dagegen etwas tun.

Was tut man so als Hahn dagegen?
Zuerst den eignen Kopf durchfegen:
nach eig'nem heldischen Gebaren,
nach abgeschmetterten Gefahren,
nach stolz getrag'nem Risiko
und heißem Kampf, stets siegesfroh.

Und auch nach and'ren Mutesproben,
wenn man die Stimme laut erhoben
gegen die Ungerechtigkeit der Welt,
das Wetter – und zu wenig Geld.
Kurzum, man sucht die heldische Geschichte
nach der sich dann die Menschheit richte.

So lang, so gut, so kurz, so bündig
der Hahn wird doch tatsächlich fündig
und findet in des Kopfes Reichen
ein Heldenbeispiel ohnegleichen:
er hat mit stolzem Mannesmut
etwas getan, was niemand tut
er hat mit Urängsten gebrochen
und seinem Weibe widersprochen!

Der Hosenbund

Ein jeder Hahn, der mag natürlich
'nen runden Bauch, der hebt figürlich
weil man dadurch erst stattlich wird
und nicht so dürr durchs Leben irrt.

Natürlich ist sehr viel an Bauch
besonders stattlich, aber auch
für manchen strammen Hosenbund
vielleicht zu drall und auch zu rund.

Und deshalb sagt der Hahn spontan,
es wäre sicher unkleidsam
nur weiter still in sich zu ruh'n;
ich muss gegen den Bauch was tun,
und es wird nicht am Willen scheitern
ich werd' den Hosenbund erweitern!

Die Ringelsocken

Ein Huhn – ein Ring am linken Bein
glaubt, Ringe finden Hähne fein.
Drum ließ es sich an jedem Bein
10 Ringe, farbenfroh, anpflocken.
Das Huhn erfand die Ringelsocken!

Relativ

Ein dickes Huhn steht auf der Waage,
schielt auf des Zeigers schräge Lage
und denkt besorgt und nicht nur vage,
das Weiterfressen steht in Frage.

Doch 's Huhn, das will sich nicht bedauern,
und um dies noch zu untermauern
führt 's keck und lauthals dann die Klage:
Fettleibigkeit ist eine Plage!

Jedoch, tief in Gehirnesschluchten
und in der Seele weiten Buchten,
da ahnt, nein, weiß das Huhn schon immer,
die Magersucht, die ist viel schlimmer!

Hahngeburtstag

Natürlich hat so manches Huhn
auch mit dem Altwerden zu tun,
denn weil die Gene tückisch walten,
schlägt halt der Bauch diverse Falten.

Beim schönen stolzen Hahn dagegen,
trau'n sich die Gene nicht zu regen.
An seiner stolzen Mannsgestalt,
ist jede Falte abgeprallt.

Und jedermann bezeugt voll Eifer:
Er wird nur schöner, klüger, reifer!

Die roten Socken

Ein altes Huhn mag rote Socken,
aber nicht nass, nein warm und trocken.
Drum hängt es sie auf eine Leine,
damit die Sonne heiß drauf scheine.

Die schien dann auch, jedoch sehr hitzig –
und das macht dann die Sache witzig:
denn jetzt sind sie zwar knochentrocken,
aber auch schwarz, die roten Socken!

Hühnerhenne Henriette

Die Hühnerhenne Henriette,
die auch gern mal 'nen Kater hätte,
schreibt an das Ausleihebüro:
ich wär' über so 'n Kater froh!
Zurück schreibt ihr der Leihberater:
Ich borg dir Konrad Katzenkater,
von Whiskytrinkern sehr empfohlen;
du brauchst ihn auch nicht abzuholen
und musst ihm nicht entgegenlaufen,
er kommt allein, gleich nach dem Saufen!

Gerichtsvollzieher

Wenn Hühner teuren Whisky trinken,
sieht man Gerichtsvollzieher winken,
die dann die Hühner bald beehren,
um Staatsfinanzen zu vermehren.

Heiße Feste

Wenn Hühner heiße Feste feiern,
dann schadet dieses meist den Eiern.

Autarkie

Ein Huhn, im Saufen noch autark,
verliert die Autarkie im Sarg.

Sintflut

Ein Huhn, das täglich voll besoffen
kann nur noch auf die Sintflut hoffen,
sonst fehlt die Reizerweiterung,
dies wär' die einz'ge Steigerung.

Hühneraugen

Hat ein Huhn zu viel gesoffen,
kann es nur voll Inbrunst hoffen,
dass die Schnäpse auch was taugen,
sonst schlägt es auf die Hühneraugen.

Des Pudels Kern

Ein altes Huhn trinkt Alkohol,
und fühlt sich danach pudelwohl,
jedoch der Kater ist nicht fern,
und der ist dann des Pudels Kern!

Korn getrunken

Trinkt ein Huhn zu viel vom Korn
schwankt's nach hinten und nach vorn,
und es dauert nicht mehr lange,
und das Huhn fällt von der Stange.
Hätte es ein Korn **gefressen**
hätt's noch immer da gesessen.

Gleichgewichtsorgan

Wenn Hühner allzu heftig schwanken
und statt zu gehen nur noch wanken,
ham sie vielleicht sich was getan
an ihrem Gleichgewichtsorgan.
Doch die Erfahrung lässt uns hoffen,
wahrscheinlich sind sie nur besoffen.

Stilfrage

Ein altes Huhn, mit Schnaps getränkt,
fühlt sich beleidigt und gekränkt,
wenn man es Schnapsdrossel benennt.
Doch vollgefüllt mit rotem Wein
ist's auch besoffen – aber fein.
Und bringt man's dann auf einen Nenner,
dann heißt's „Respekt", ein Rotweinkenner.

Der Winter und das Eierlegen

Man muss auf Stegen und auf Wegen
im Winter Eis und Schnee wegfegen,
nur dann kann sich ein Huhn bewegen
und ohne Rutscher Eier legen.

Ist es im Gegenteil hingegen
zu glatt und rutschig auf den Schrägen,
liegt auf dem Legen gar kein Segen.
Das Huhn wird Angstgedanken hegen
und ist nicht wirklich zu bewegen,
ein Ei – oder gar zwei, zu legen!

Drum merke:
Willst du ein Frühstücksei verspeisen,
musst du den Weg vorher enteisen!

Der Ehegatte

Natürlich ist ein Ehegatte,
wenn man ihn nicht hat, sondern hatte,
akut ein Loch im Lebenslauf.
Doch letztlich pfeift man dann darauf,
denn ist man zu sich selbst ganz ehrlich,
er war von Anfang an entbehrlich.
Und deshalb heißt es ja auch doch:
der pfeift schon auf dem letzten Loch.

Der Schuldige

Ein altes Huhn, nicht ganz gesund,
gibt drum der Weltgemeinschaft kund,
dass es ab jetzt kein Ei mehr legt.
Das hat die Menschheit sehr bewegt.

Mit Trauer und Betroffenheit,
ja selbst zur Korruption bereit,
versuchen Staats –und Wirtschaftslenker
und auch die Dichter und die Denker,
das Huhn zur Einsicht zu bewegen:
Auch krank muss man noch Eier legen,
der Staat, der braucht das unbedingt.
Selbst wenn man mit dem Tode ringt,
ist Eier legen Hühnerpflicht!
Aber das Huhn bekümmert's nicht.

Und damit ist's ein Staatsproblem:
Und für die Politik auch recht genehm,
um Grundsätzliches festzustellen,
und Bürgers Pflichten zu erhellen
im Allgemeinen und Speziellen.
Gewerkschaften und auch Parteien
sich an dem Thema fast entzweien.
Regierung und Opposition
entzwei'n sich nicht –
die sind's ja schon!

Kurzum:
Die Politik läuft heiß!
Und wie man deshalb heute weiß:
Nicht die, die Staat und Wirtschaft lenken
sind die, die uns'ren Wohlstand senken,
und auch natürlich nicht die Banken,
die uns're Guthaben verschlanken,
Und rechte, linke Ideologen
agieren immer ausgewogen,
wenn sie das Himmelreich erklären
und sich davon recht gut ernähren.
Auf uns're Kosten, selbstverständlich,
das Himmelreich ist ja unendlich!

Auch nicht die klugen Wirtschaftsweisen,
deren Prognosen stets entgleisen,
sind schuld, wenn's nicht recht weitergeht.
Schuld, dass im Land sich nichts bewegt,
ist's Huhn, weil's keine Eier legt!

Darum Hühnergedichte!

Hühnergedichte sind halt eben
der Höhepunkt im Dichterleben.
Doch dabei darf es dann nicht bleiben,
man muss auch über Löwen schreiben
und and're heldenhafte Tiere,
deren Charakter und auch schiere
ungebremste Tapferkeit
die Menschheit beispielhaft erfreut.

Zum Beispiel hat ja so ein Hase
für wicht'ge Dinge eine Nase
und wirkt im Feld und auf der Wiese
auf einen Maulwurf wie ein Riese.
Und erst beim Wettkampf-Kohlkopf-Sägen,
da kann so 'n Hase was bewegen.
Und wenn er sich dann noch beeilt,
wenn er den Kohlkopfstamm durchfeilt –
mit seinen schönen Vorderzähnen,
da kann ein Löwe sich nur schämen!

Aber – dann hat's auch schon ein Ende,
die Hasenwelt hat enge Wände
und will man große Dinge tun,
dann braucht's halt wieder mal ein Huhn.

Das fängt schon an beim Körnerfinden,
das könn'n nur Hühner – selbst die blinden,
dagegen – jeder blinde Hase
verschrammt sich dabei doch die Nase.

Im Gegensatz zum Hühnerschnabel
ist eben jedes Hasen Nase
der letzten evolutionären Phase
konkreter Fehlerdiskussion –
Ursach' und Grund der Hasen eignen Depression.

Nun ja, und auch der Hasenschwanz –
ist eigentlich 'ne Schwanzvakanz!
Denn was da so als Stummel blinkt,
da hätt' ein Hahn längst abgewinkt,
mit seinem schönen Federschweif
der stolz und bunt und schön live
des Hahnes edlen Körper schmückt
und jede Henne voll verzückt.

Und schau'n wir einmal auf die Beine,
ach Gott – der Hase hat ja keine!
Nur vorn zwei kurze Pfotenstummel,
dafür zwei endlos lange Fummel
unterm plumpen Hinterteil.
Wie kann sowas 'nen Hasen tragen?
Der kann sich ja nur überschlagen
bei dieser irren Konstruktion
und alle Hühner warten schon!

Das Huhn ist mit sich selbst im Reinen,
mit seinen schönen schlanken Beinen,
die strahlend hell den Blick erfassen –
und Hasen neidisch gucken lassen.
Ja, selbst sogar schon ganz von weiten,
sieht man ein Huhn fast schwebend schreiten –
anmutig, leicht und elegant schreitet ein Huhn so übers Land
und sieht der Aphrodite ähnlich.
Na gut – manchmal guckt 's auch ein bisschen dämlich.

So 'n Huhn hat auch mal schlechte Tage,
doch insgesamt steht's nicht in Frage:
ein Huhn, vom Kopf bis hin zum Schwanz
naturgegeb'ne Eleganz.

Dagegen stolpern doch die Hasen
wie Boris übern Tennisrasen
in Wimbledon, mitten im Regen,
wo halt die Tennisspieler pflegen,
wenn 's rutschig ist, sich hinzulegen
und wo dann auch die Tennisbälle,
voll Tücke und so auf die Schnelle,
ins Aus sich zu verpissen lieben,
wo sie sehr gerne liegenblieben
und allerhöchstens weiterholpern,
wenn schlappe Hasen drüber stolpern.
Den Hasengang kann man vergessen.
Wahrscheinlich kommt 's vom Kohlkopffressen!

Von Augen woll'n wir gar nicht reden,
denn nichts kann so den Mensch bewegen,
wie schöne große Hühneraugen,

die für die Welterkennung taugen
und auch noch manchen Fuß veredeln,
um tief sich ins Gemüt zu fädeln.
Die Hühneraugen sind wie Sterne,
die strahlend in der Weltraumferne
das öde All mit Licht erleuchten –
sodass wir keine Sonne bräuchten.

Des Hasen Auge, das ist stumpf,
wie weil sein Seelenleben dumpf
und immer nur auf Kohl gerichtet,
was seinen Blickwinkel verdichtet.

Es ähnelt dann auch die Verdauung
der negativen Weltanschauung,
die jeder Hase in sich trägt
selbst wenn er an 'nem Kohlkopf sägt.

Der Hase ist halt defätistisch
und seine Weltsicht eher mystisch,
zum Beispiel hält er einen Fuchs
und dessen Vetter, diesen Lux
für Gott gegeb'ne Schicksalsstrafen,
die immer schon die Hasen trafen,
statt heldenhaft sich zu erwehren,
den Fuchs zu federn und zu teeren.
Und auch den Luchs, des Fuchses Vetter,
knallt er nicht etwa auf die Bretter,
sondern rennt Angst besetzt von dannen.
Mit Hasen ist nichts anzufangen!

Wie anders reagiert ein Huhn:
mit ungebremstem Heldentum
bekämpft es jeden Regenwurm
den es auf einem Schlachtfeld sichtet.
Hat man von Hasen je berichtet,
das selbige dasselbe tun?

Auch ideologisch fahr'n die Hasen
fast immer nur in Einbahnstraßen –
und auch noch in die Gegenrichtung.
Das führt dann zwar zu der Durchlichtung
der Sippe Feld-und Wiesenhasen,
doch gibt es ja bekanntermaßen
von ihnen immer noch zu viele,
die – ohne dass es uns gefiele –
sich mit den Hühnern messen wollen;
anstatt ihnen Respekt zu zollen
ob deren überleg'nem Wesen und hochedler Charakterstärke,
nein, arrogant und unbelesen, tun sie als ob es keiner merke,
dass halt im Kopf und in der Seele
den Hasen eben alles fehle
um große Dinge zu bewegen –
mal abgeseh'n vom Kohlkopfsägen.

Nun ja, beenden wir die Reise,
es zeigt die Fülle der Beweise,
der Ausweich auf die Hasenfährte,
das war die Weiche ins Verkehrte.
Ach, lassen wir die Hasen ruh'n,
dafür – es lebe hoch – das Huhn!

Zeitfracht Medien GmbH
Ferdinand-Jühlke-Straße 7
99095 Erfurt, Deutschland
produktsicherheit@kolibri360.de